... DES ENFANTS

LES MÉFAITS

DE

L'AMI GROGNARD

COMÉDIE EN TROIS ACTES

PAR

GILLES ET DE PHLANEL

PARIS

WATTELMAUR, ÉDITEUR

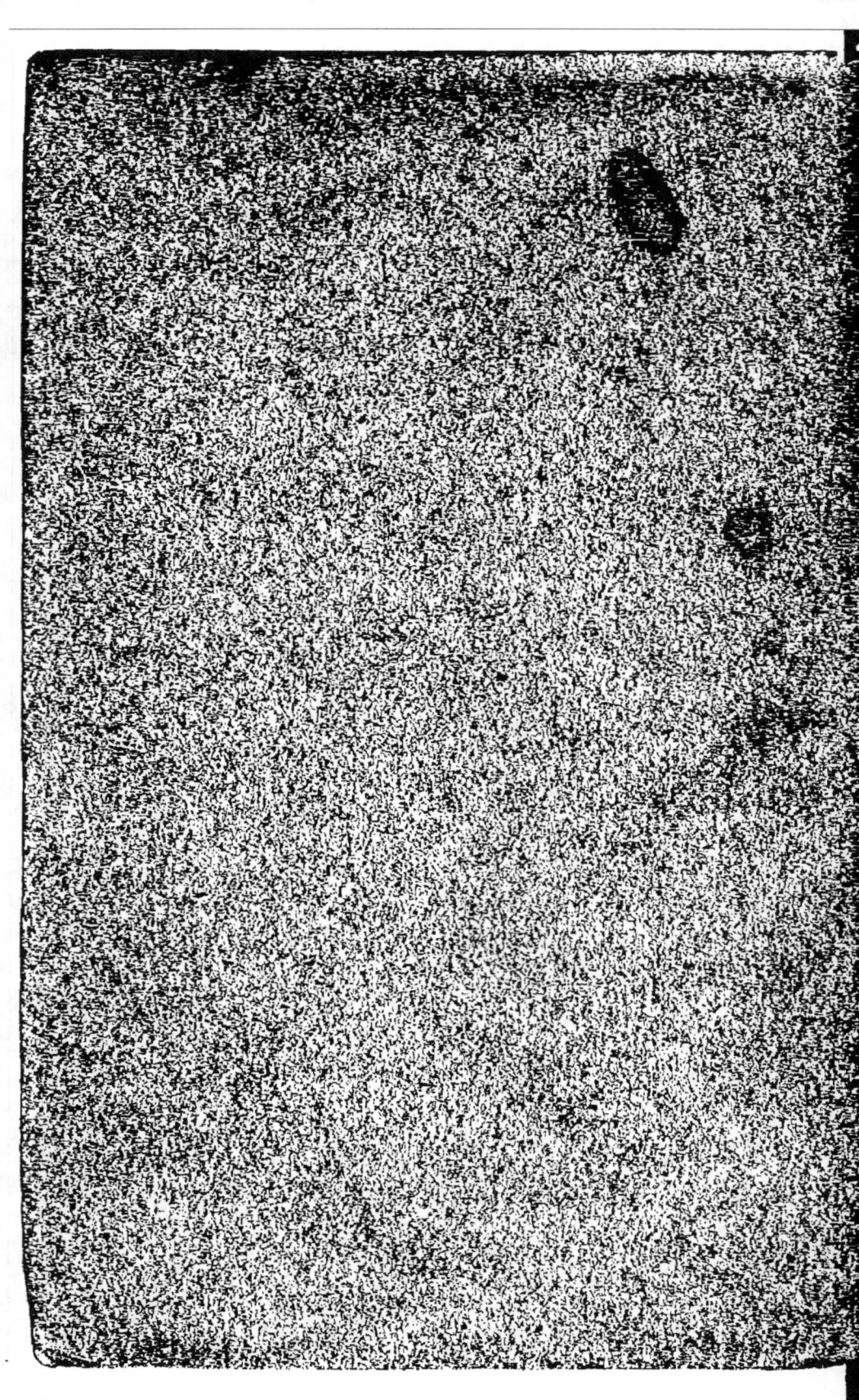

LES MÉFAITS

DE

L'AMI GROGNARD

PARIS. — IMPRIMERIE E. MARTINET, RUE MIGNON, 2.

THÉATRE DES ENFANTS

LES MÉFAITS

DE

L'AMI GROGNARD

COMÉDIE EN TROIS ACTES

PAR

GILLES ET DE PHILANEL

PARIS

WATILLIAUX, ÉDITEUR

PERSONNAGE

COQUEMBOIS, rentier.

Mme COQUEMBOIS, sa femme.

PAUL, leur fils.

GROGNARD, ami de Coquembois.

PACOME, jardinier.

THÉOPHILE, valet de chambre.

CATHERINE, cuisinière.

NICOLAS, paysan, domestique.

MARIANNE, sa femme, cuisinière.

Les trois actes se passent chez Coquembois, le premier à Paris, les deux autres à la campagne.

LES MÉFAITS

DE

L'AMI GROGNARD

ACTE PREMIER

Le théâtre représente un salon à Paris

SCÈNE PREMIÈRE

Mme COQUEMBOIS, *seule*

Ah ! mon Dieu, que je suis donc contrariée, voilà mon domestique et sa femme ma cuisinière qui me demandent un mois de congé pour aller dans leur pays. Ce sont de si bons serviteurs que je ne puis leur refuser cela, mais la grande difficulté sera de trouver quelqu'un pour les remplacer pendant leur absence.

SCÈNE II

Mme COQUEMBOIS, M. COQUEMBOIS

M. COQUEMBOIS, *entrant*

Bonjour, ma femme, je viens de recevoir une lettre de l'ami Grognard qui me demande de lui prêter cinq cents francs. J'ai envie de lui rendre ce petit service, bien qu'il me doive déjà la même somme que je lui ai prêtée l'année dernière.

Mme COQUEMBOIS

Fais comme tu voudras, je vais m'occuper de chercher des domestiques. (*Elle sort.*)

SCÈNE III

COQUEMBOIS, PAUL

COQUEMBOIS

C'est vrai, les nôtres nous abandonnent pendant un mois.

PAUL, *entrant*

Bonjour, papa. Il m'est arrivé un grand malheur.

COQUEMBOIS

Qu'est-ce donc?

PAUL

Mon ballon du Louvre s'est envolé par la fenêtre, je voudrais que tu le rattrapes.

COQUEMBOIS

Mais je ne suis pas un oiseau pour courir après, dans les airs.

PAUL

Tu n'es pas un oiseau, c'est vrai; mais ça n'empêche pas ton ami Grognard de dire que tu es un serin.

COQUEMBOIS

Comment! il dit cela, Grognard !

PAUL

Oui, je l'ai même entendu l'autre jour qui disait encore que tu es un vieil avare qui ne l'invite à dîner que quand il n'y a rien à manger.

COQUEMBOIS

Ah ! il dit cela ! Il sera bien reçu tout à l'heure... Va jouer.

PAUL

Et mon ballon?

COQUEMBOIS

Ta mère en demandera un autre au Louvre en allant changer quelque chose.

SCÈNE IV

COQUEMBOIS, GROGNARD, puis Mme COQUEMBOIS

COQUEMBOIS

Ah! c'est ainsi que Grognard se conduit. Eh bien! je ne lui prêterai pas d'argent.

GROGNARD, *entrant*

Ça va bien, Coquembois?

COQUEMBOIS

Mais oui, pas mal, et toi, Grognard?

GROGNARD

Moi, ça va très-bien, j'arrive du Jardin d'acclimatation... J'ai vu l'éléphant!... Sais-tu en quoi est sa trompe?

COQUEMBOIS

Non.

GROGNARD

Eh bien ! mon cher, elle est en caoutchouc.

COQUEMBOIS

Allons donc ! tu plaisantes ?

GROGNARD

Non, c'est sérieux... Ah çà, qu'est-ce que j'ai appris... vous allez être sans domestiques pendant un mois ?

COQUEMBOIS

Oui, et si tu en connaissais pour les remplacer pendant ce temps-là, tu me ferais plaisir de me les envoyer.

GROGNARD

J'en chercherai ; mais j'y pense, as-tu reçu ma lettre ?

COQUEMBOIS

Oui.

GROGNARD

J'espère que tu pourras me prêter l'argent que je te demande?

COQUEMBOIS

Mon cher, je suis au désespoir, mais ça ne m'est pas possible.

GROGNARD

Comment, tu me refuses!... J'avais besoin de cet argent pour faire un petit voyage d'agrément.

COQUEMBOIS

Je regrette beaucoup, mais il n'y a pas moyen.

GROGNARD, *à part*

Ah! il me refuse... Eh bien, je vais me venger... je vais lui envoyer des domestiques qui vont le faire enrager convenablement. (*Haut.*) Je ne t'en veux pas... Tiens! mais j'ai ton affaire... Je vais t'envoyer un domestique et une cuisinière comme tu n'en auras jamais vu.

COQUEMBOIS

Ah! merci!

GROGNARD

Il n'y a pas de quoi... adieu, je vais te les en-voyer. (*Il sort.*)

Mme COQUEMBOIS, *entrant*

Eh bien ! tu lui as prêté de l'argent ?

COQUEMBOIS

Non, mais je le regrette presque... il est si obli-geant!... Ainsi, il va nous envoyer deux serviteurs modèles qu'il connaît.

Mme COQUEMBOIS

Ça me fait bien plaisir. De cette façon nous pour-rons partir demain pour la campagne, car sa recom-mandation me suffit. Je prends ces deux domes-tiques.

FIN DU PREMIER ACTE

ACTE DEUXIÈME

Le théâtre représente un parc. Maison de campagne
à droite.

SCÈNE PREMIÈRE

COQUEMBOIS, PACOME

COQUEMBOIS

Allons, Pacôme, dépêchez-vous d'aller arroser
dans la serre.

PACOME

Oui, monsieur, mais c'est bien ennuyeux d'arroser, on a fait des petits trous au fond des pots,
l'eau ne tient pas et c'est toujours à recommencer.

COQUEMBOIS

C'est bon !... envoyez-moi François.

PACOME

Oui, Monsieur.

SCÈNE II

COQUEMBOIS, *seul*

François, c'est mon second domestique, je l'ai appelé François, bien que son vrai nom soit Théophile... C'est bizarre, il n'est chez moi que depuis hier et c'est étonnant comme il a fait des bêtises.

SCÈNE III

THÉOPHILE, COQUEMBOIS

THÉOPHILE

Monsieur m'a demandé ?

COQUEMBOIS

C'est pour vous dire d'aller faire le salon.

THÉOPHILE

Bien, Monsieur.

COQUEMBOIS

Ah ! Jean !... Jean !... Jean !...

THÉOPHILE

C'est moi que Monsieur appelle ?

COQUEMBOIS

Mais oui.

THÉOPHILE

Je croyais que Monsieur m'appelait François.

COQUEMBOIS

Oui, mais j'ai changé d'avis, j'aime mieux Jean...
Dites-moi, avez-vous mis à la poste les lettres qui
étaient sur mon bureau ?

THÉOPHILE

Oui, Monsieur, toutes les trois.

COQUEMBOIS

Comment trois, il n'y en avait que deux ?

THÉOPHILE

Pardon, Monsieur, il y en avait trois, dont une
sans adresse ; j'ai pensé que Monsieur ne voulait
pas qu'on sache à qui il écrivait et que l'adresse
était dedans...

COQUEMBOIS

Je vous le disais bien, il est toqué! (*Théophile s'éloigne.*) Ah! Pierre! Pierre! Je crois qu'il est sourd... Pierre!

THÉOPHILE

C'est moi que Monsieur appelle?

COQUEMBOIS

Mais oui.

THÉOPHILE

Je croyais que Monsieur m'appelait Jean.

COQUEMBOIS

Oui, mais j'ai réfléchi... Pierre, c'est mieux. Avez-vous, au moins, affranchi ces lettres?

THÉOPHILE

Oui, Monsieur, j'ai même posé sur votre bureau les trois petits reçus bleus qu'on m'a donnés à la poste.

COQUEMBOIS

Mais, imbécile! C'étaient des timbres, il fallait les coller sur les lettres.

THÉOPHILE

Je ne savais pas, Monsieur.

COQUEMBOIS

Vous ne savez rien. Tenez, je suis certain que vous ne pourriez même pas me dire en quoi est la trompe de l'éléphant.

THÉOPHILE

Elle est en gomme élastique.

COQUEMBOIS

Elle est en caoutchouc! Grognard me l'a dit.

THÉOPHILE

Monsieur Grognard a voulu plaisanter. Je suis sûr qu'elle est en gomme élastique, c'est un des gardiens qui est de mes amis qui me l'a dit.

COQUEMBOIS

Ce Grognard s'est encore moqué de moi !... Allez faire le salon, Baptiste.

THÉOPHILE

Baptiste n'est pas là.

COQUEMBOIS

Baptiste, c'est vous, j'aime mieux ce nom que Pierre.

THÉOPHILE

Comme Monsieur voudra, mais mon vrai nom c'est Théophile.

SCÈNE IV

COQUEMBOIS, *seul*

Au fait, c'est vrai ; j'ai oublié de le prévenir que je changeais Pierre en Baptiste et même je crois que je préfère Anatole, oui, c'est décidé je l'appellerai Anatole... Tiens, voilà ma nouvelle bonne. (*Il sort.*)

SCÈNE V

CATHERINE, ensuite Mme COQUEMBOIS.

CATHERINE

Ouf! je viens me reposer, c'est si fatigant de balayer... Ah! si jamais j'ai une bonne, elle ne risque rien!

Mme COQUEMBOIS

Catherine, vous aurez soin de mettre le couvert à onze heures pour le déjeûner.

CATHERINE

Déjeûner à table ! En voilà une invention de paresseux !

Mme COQUEMBOIS

Vous ferez le dîner pour six heures.

CATHERINE

On dîne donc ici? En voilà une maison ! Je n'ai pas trente-six bras et trente-six jambes ! il faudra vous arranger pour qu'on ne fasse qu'un repas par jour.

Mme COQUEMBOIS

Quelle drôle de bonne Grognard nous a envoyée là ! Heureusement que ça n'est que pour un mois !

CATHERINE

Il faudra me faire coucher dans une autre chambre, il y a des rats dans la mienne.

Mme COQUEMBOIS

Il n'y a pas de rats.

CATHERINE

Non, c'est le chat! D'ailleurs je ne veux pas d'une chambre tout en haut de la maison. Ça me fatigue de monter.

Mme COQUEMBOIS

Vous m'ennuyez à la fin!

CATHERINE, *à part*

Ce n'est que le commencement.

SCÈNE VI

Mme COQUEMBOIS, puis COQUEMBOIS

Mme COQUEMBOIS

Cette fille me fait tourner la tête, et je crois que je ne pourrai pas la garder pendant un mois! (*A son mari qui entre.*) Ah! mon ami! quelle cuisinière nous avons là! elle ne fait que des sottises.

Ce matin j'arrive dans la cuisine et je la trouve épluchant des pommes de terre et mettant les épluchures dans la casserole et les pommes de terre aux ordures.

COQUEMBOIS

Je n'ai guère mieux à te conter du domestique,

tout à l'heure il frottait mon chapeau avec la brosse
à cirage pour le faire reluire.

Mme COQUEMBOIS

Mais ce n'est pas supportable! (*Elle sort.*)

SCÈNE VII

COQUEMBOIS, puis THÉOPHILE

COQUEMBOIS

Je commence à croire que Grognard a voulu
nous jouer une mauvaise farce, la trompe d'éléphant m'a donné à réfléchir. (*Au domestique qui
entre.*) Ah! mon garçon!

THÉOPHILE

Monsieur?

COQUEMBOIS

J'avais eu l'intention de vous appeler Anatole,
mais je préfère Cyprien.

THÉOPHILE

Mais, Monsieur, je m'appelle Théophile.

COQUEMBOIS

Je sais, mais ça ne fait rien.

THÉOPHILE

Je vais faire le salon. (*Il sort.*)

COQUEMBOIS

Oui, Cyprien, c'est un nom très-convenable. Cependant Simon ferait peut-être mieux. J'y réfléchirai. (*Il sort à droite.*)

SCÈNE VIII

CATHERINE, puis THÉOPHILE

CATHERINE

Je pense que M. Grognard sera content, nous les faisons joliment enrager nos maîtres. (*On entend un grand bruit dans la coulisse.*)

THÉOPHILE, *sortant de la maison*

Ah! mon Dieu! je viens de faire un beau coup. La pendule est cassée!

CATHERINE

Vous venez de casser la pendule?

THÉOPHILE

Non, elle s'est cassée elle-même en tombant.

CATHERINE

Mais, c'est vous qui l'avez jetée par terre.

THÉOPHILE

Au contraire, c'est elle qui m'a jeté par terre, c'est elle qui est tombée sur moi, je n'ai fait qu'amortir sa chute.

CATHERINE

Mais comment avez-vous fait pour jeter par terre cette pendule qui est énorme?

THÉOPHILE

C'est bien simple, je voulais laver la glace, j'ai pris la pendule dans mes bras... tout_à coup j'entends sonner.

CATHERINE

La pendule ?

THÉOPHILE

Non, c'est Monsieur qui sonnait; vite, je veux remettre la pendule en place, mais je l'avais trop penchée sur moi, elle perd l'équilibre et me tombe sur la poitrine, je ne savais pas ce qui lui prenait..... Je veux la retirer, mais à mon tour je perds mon équilibre et je tombe avec elle sur le parquet. Quel bruit ! je l'entendrai toute ma vie.

CATHERINE

Ah ! voilà Monsieur, je me sauve !

SCÈNE IX

THÉOPHILE, puis COQUEMBOIS

THÉOPHILE

Il va être bien content !

COQUEMBOIS

Dites-moi, Chrisostome... Chrisostome, dites donc, c'est vous que j'appelle.

THÉOPHILE

Monsieur m'a encore changé de nom ?

COQUEMBOIS

Oui.

THÉOPHILE

C'est ennuyeux à la fin. Vous n'êtes qu'une girouette !

COQUEMBOIS

Vous êtes un malhonnête ! la moutarde commence à me monter au nez.

THÉOPHILE

C'est donc que Monsieur a été épicier ou apothicaire ?

COQUEMBOIS

Vous êtes un insolent ! je vous chasse ! (*Il entre dans la maison.*)

THÉOPHILE

Comme Monsieur voudra. Après tout, j'aime autant cela.

COQUEMBOIS, *rentrant*

Qui a cassé ma pendule ?

THÉOPHILE

C'est moi, Monsieur.

COQUEMBOIS

Maladroit, allez chercher un horloger.

THÉOPHILE

Vous n'avez plus le droit de me commander, vous m'avez chassé.

COQUEMBOIS

Imbécile !

THÉOPHILE

Vous n'avez plus le droit de m'appeler imbécile.

COQUEMBOIS

Et encore il s'en va juste au moment où je lui avais trouvé un nom.

THÉOPHILE

Quel nom ?

COQUEMBOIS

Théophile.

THÉOPHILE

Mais c'est le mien. (*Il sort en riant.*)

SCÈNE X

COQUEMBOIS, Mme COQUEMBOIS

COQUEMBOIS

Tiens, c'est vrai ! Ah ! c'est bien drôle !

Mme COQUEMBOIS

Mon ami, je t'annonce que j'ai mis la cuisinière à la porte ; figure-toi qu'elle époussetait les meubles avec mon chapeau à plumes.

COQUEMBOIS

Eh bien, de cette façon, nous voilà débarrassés de ces désagréables personnages et je n'en suis pas fâché, ma foi !

(La toile tombe.)

FIN DU DEUXIÈME ACTE

ACTE TROISIÈME

Le théâtre représente un salon à la campagne.

SCÈNE PREMIÈRE

COQUEMBOIS, Mme COQUEMBOIS

Mme COQUEMBOIS

Enfin les voilà partis, ces affreuses gens ! Nous n'avons plus que Pacôme, le jardinier, pour nous servir en ce moment ; mais d'un instant à l'autre j'attends deux domestiques, mari et femme, qui viennent de la Champagne et dont nous serons sans doute satisfaits.

COQUEMBOIS

Espérons-le, c'est Galuchet qui nous les envoie.

Mme COQUEMBOIS

Je vais aller préparer tout ce qu'il faut pour nos nouveaux arrivants. (*Elle sort.*)

SCÈNE 11

PACOME, COQUEMBOIS

PACOME

Le fils de M. Galuchet vient de venir.

COQUEMBOIS

Fais-le entrer.

PACOME

Le faire entrer ? oui, Monsieur (*revenant avec embarras*) ; c'est que je l'ai renvoyé.

COQUEMBOIS

Allons, je te reconnais bien là.

PACOME

Mais j'ai pris la lettre qu'il apportait.

COQUEMBOIS

C'est bien heureux ! Et pourquoi as-tu renvoyé ce pauvre jeune homme ?

PACOME

Dame, Monsieur, vous m'avez dit : « Ne laisse

jamais entrer les gens de mauvaise mine », et c'est
un petit maigre.....

Il est inconcevable.

PACOME

Mais je ne sais plus où donner de la tête, moi ! il
est maigriot, il est pâlot ! si c'est ça avoir une bonne
mine.

COQUEMBOIS

Mais tu le connais, tu sais que c'est le fils de mon
ami.

PACOME

Oui, mais je lui ai dit de revenir quand il se por-
terait mieux, vu que j'avais des ordres.....

COQUEMBOIS

Tais-toi ! il a dû rire et se moquer de toi.

PACOME, *riant naïvement*

Il a ri tout de même ; nous avons ri tous les deux
assez gentiment. (*Il sort.*)

COQUEMBOIS

En voilà un qui n'est pas méchant, c'est vrai !
mais il est d'une naïveté rare !

PACOME, *rentrant*

Monsieur, il y a un homme qui a bonne mine qui vous demande.

COQUEMBOIS

Fais-le entrer.

PACOME

Je dis un homme, mais c'est une femme.

COQUEMBOIS

Fais-la entrer.

PACOME

Ou du moins non, c'est tous les deux qui vous demandent.

COQUEMBOIS

Alors, ce sont nos nouveaux domestiques, conduis la femme à Madame et fais venir ici le mari.

PACOME

Bien, Monsieur. (*Il sort.*)

COQUEMBOIS

Espérons que ce domestique me conviendra.

SCÈNE III

COQUEMBOIS, puis NICOLAS

NICOLAS, *entrant*

C'est moi, Monsieur, le nouveau domestique.

COQUEMBOIS

Bien, mon garçon, vous avez l'air intelligent, je vous prends à mon service en attendant le retour de mes serviteurs qui sont en congé. Si je suis content de vous, je vous placerai ensuite avantageusement.

NICOLAS

Monsieur est bien bon et je suis bien flatté de passer à la dignité de valet de chambre, moi qui n'étais que garçon d'écurie.

COQUEMBOIS

Vous plairez-vous ici?

NICOLAS

Je me plaisais bien avec mes bêtes, je pourrai bien me plaire avec Monsieur.

COQUEMBOIS

C'est bien, allez brosser mes affaires. (*Nicolas*

sort.) Pendant ce temps-là, je vais aller faire un tour de jardin. (*Il sort.*)

SCÈNE IV

Mme COQUEMBOIS, MARIANNE

Mme COQUEMBOIS

C'est bien, Marianne, occupez-vous du dîner.

MARIANNE

A quelle heure dînez-vous ?

Mme COQUEMBOIS

A six heures.

MARIANNE

Oh ! alors, j'ai le temps ! Dites donc, la bourgeoise, qu'est-ce que je vais faire d'ici-là ?

Mme COQUEMBOIS

D'abord, apprenez qu'il ne faut pas parler ainsi à sa maîtresse. On dit : à quelle heure Madame dîne-t-elle ? ou bien, Madame voudra bien me dire ce que je dois faire.

MARIANNE

Tiens ! moi je ne savais pas.

Mᵐᵉ COQUEMBOIS

Comme aussi quand il y a du monde il faut toujours parler à la troisième personne.

MARIANNE

C'est bien, la bourgeoise, Madame ! je ferai attention. (*Elle sort.*)

Mᵐᵉ COQUEMBOIS

Allons ! il faut espérer que nous en ferons quelque chose.

MARIANNE, *entrant*

Madame ! dites donc, Madame ! Il y a un homme qui vous demande, Madame.

Mᵐᵉ COQUEMBOIS

Faites entrer.

MARIANNE

M'sieu..., M'sieu, par ici... Tenez, la voilà Madame, vous pouvez lui parler à Madame.

SCÈNE V

LES MÊMES, GROGNARD

GROGNARD

Bonjour, chère Madame, je viens vous surprendre.

Mme COQUEMBOIS

Quelle amabilité! vous n'avez sans doute pas déjeuné?

GROGNARD

Non, Madame... Je viens passer quelques jours chez vous. Je m'ennuyais à Paris.

Mme COQUEMBOIS, *à part*

Au moins, il est sans gêne! (*Haut.*) Marianne, vous préparerez la chambre bleue.

MARIANNE, *se tournant vers Grognard*

C'est la chambre qui est au bout du corridor? (*Elle se tourne ensuite vers sa maîtresse.*)

Mme COQUEMBOIS

Oui, et puis vous préparerez le déjeuner.

MARIANNE, *se tournant vers Grognard*

Faudra-t-il servir le poisson?

GROGNARD

Ah ça! qu'est-ce qu'elle me veut? Je ne sais pas, moi.

Mme COQUEMBOIS

Oui, pourquoi parlez-vous à Monsieur, quand c'est à moi que vous demandez les renseignements ?

MARIANNE

Madame m'a dit que quand il y aurait du monde, je devais toujours parler à la troisième personne, moi, une ; vous, deux ; et lui, trois.

GROGNARD

En voilà une drôle de fille !

Mme COQUEMBOIS

C'est une fille que j'ai fait venir de la campagne.

MARIANNE

On ne dit pas la campagne, on dit la Champagne.

Mme COQUEMBOIS

C'est bien, allez faire ce que je vous ai dit ; mais d'abord, vous nettoierez le petit poisson rouge qui est dans l'aquarium sur la cheminée.

MARIANNE

La quoi ?

Mme COQUEMBOIS

L'aquarium, un aquarium !

MARIANNE

Ah bon ! une claque au rhum ? je ne sais pas ce
que c'est, mais je trouverai bien, puisqu'il y a un
poisson à nettoyer. (*Elle sort.*)

Mme COQUEMBOIS

Monsieur Grognard, je vous demande pardon,
j'ai quelques ordres à donner. (*Elle sort.*)

GROGNARD

Comment donc, Madame.

SCÈNE VI

GROGNARD, puis COQUEMBOIS

GROGNARD

Ils ne se doutent de rien ! J'ai eu peur un moment qu'ils ne sachent que j'avais envoyé exprès des
domestiques pour les faire enrager.

COQUEMBOIS

Tiens ! voilà ce bon Grognard. Tu viens nous surprendre, c'est bien aimable, mais tu vas me faire le plaisir de t'en aller de suite.

GROGNARD

Pourquoi ?

COQUEMBOIS

Parce qu'on ne vient pas chez les gens quand on dit que ce sont des serins, des avares et qu'on leur envoie exprès de mauvais domestiques.

GROGNARD, *à part*

Ah diable ! (*Haut.*) Mais c'est que je n'ai pas déjeuné.

COQUEMBOIS

Tant pis !... Du reste tu as voulu aussi te moquer de moi, et ça, je ne te le pardonnerai jamais.

GROGNARD

Comment ?

COQUEMBOIS

Tu as voulu me faire croire que la trompe de l'éléphant était en caoutchouc.

GROGNARD

Oui, et bien ?

COQUEMBOIS

Je suis renseigné. Elle est en gomme élastique.

GROGNARD

Pas possible... Je m'en vais, mais c'est lâche de me laisser partir à jeun. (*Il sort.*)

COQUEMBOIS

Voilà ce que c'est que de se moquer de moi.

SCÈNE VII

COQUEMBOIS, Mme COQUEMBOIS

Mme COQUEMBOIS *entrant, un poisson rouge à la main*

Ah, mon Dieu! mon pauvre poisson! Qu'est-ce qu'il a? Va me chercher la bonne.

COQUEMBOIS

J'y vais.

Mme COQUEMBOIS

Je l'ai trouvé par terre évanoui.

COQUEMBOIS

La bonne?

Mme COQUEMBOIS

Non, le poisson. Dépêche-toi. (*Coquembois sort en appelant Marianne.*)

SCÈNE VIII

Mme COQUEMBOIS, MARIANNE

MARIANNE

Voilà, Madame.

Mme COQUEMBOIS

Qu'avez-vous fait à mon poisson?

MARIANNE

Ce que vous m'avez dit, je l'ai nettoyé.

Mme COQUEMBOIS

Comment?

MARIANNE

J'ai pris une bonne brosse et du savon, et vous pouvez me croire, je l'ai bien frotté.

Mme COQUEMBOIS

Mais vous l'avez tué.

MARIANNE

Si on peut dire ! Si vous aviez vu comme il était
content, il sautait, il frétillait, et s'il avait su parler,
je suis certaine qu'il m'aurait fait des compliments.

Mme COQUEMBOIS

J'en doute ! Allez dans votre cuisine et n'en sor-
tez plus. (*Marianne sort.*)

SCÈNE IX

Mme COQUEMBOIS, COQUEMBOIS

COQUEMBOIS

Tu ne sais pas !... J'ai mis Grognard à la porte.
De plus je t'apporte une bonne nouvelle.

Mme COQUEMBOIS

Laquelle ?

COQUEMBOIS

Nos domestiques reviennent demain.

Mme COQUEMBOIS

Ah ! je respire ! je commençais à avoir assez de
ceux-là.

COQUEMBOIS

Ne m'en parle pas, figure-toi que Nicolas ayant vu une tache à mon paletot a coupé la place avec des ciseaux sous prétexte qu'il vaut mieux avoir un trou qu'une tache.

Mme COQUEMBOIS

Aussi pourquoi te taches-tu ?

SCÈNE X

LES MÊMES, NICOLAS, MARIANNE

MARIANNE

M'sieu et Madame, je vous souhaite le bonjour, nous nous en allons.

COQUEMBOIS

Ah ! pourquoi cela ?

NICOLAS

Parce que nous retournons en Champagne, je m'ennuie trop de mes bêtes avec vous.

Mme COQUEMBOIS

Eh bien ! au plaisir de ne plus vous revoir, je ne vous retiens pas.

COQUEMBOIS

Bon voyage, ruraux endurcis, paysans de la campagne, ou de la Champagne, si vous aimez mieux, retournez à vos champs ; vous n'étiez pas faits pour comprendre les douceurs de la civilisation.

DU MÊME ÉDITEUR

COLLECTION D'AUTRES PETITES PIÈCES POUR THÉATRES D'ENFANTS

Pièces déjà parues :

Florine, ou la Clef d'or

Le Talisman de Rosette

Les Malices de Polichinelle

Règles de tous les jeux.

Le Passe-Temps, Recueil de patiences.

Le Jeu du Solitaire, exemples entre mille par un Amateur.

Jeux de Salon.

Jeux instructifs et amusants.

Jouets en cartonnage.

Théâtres pliants en boîtes.

L'Anagramme, ou le Jeu des lettres.

Questions et récréations diverses, etc.

PARIS. — IMPRIMERIE E. MARTINET, RUE MIGNON, 2.

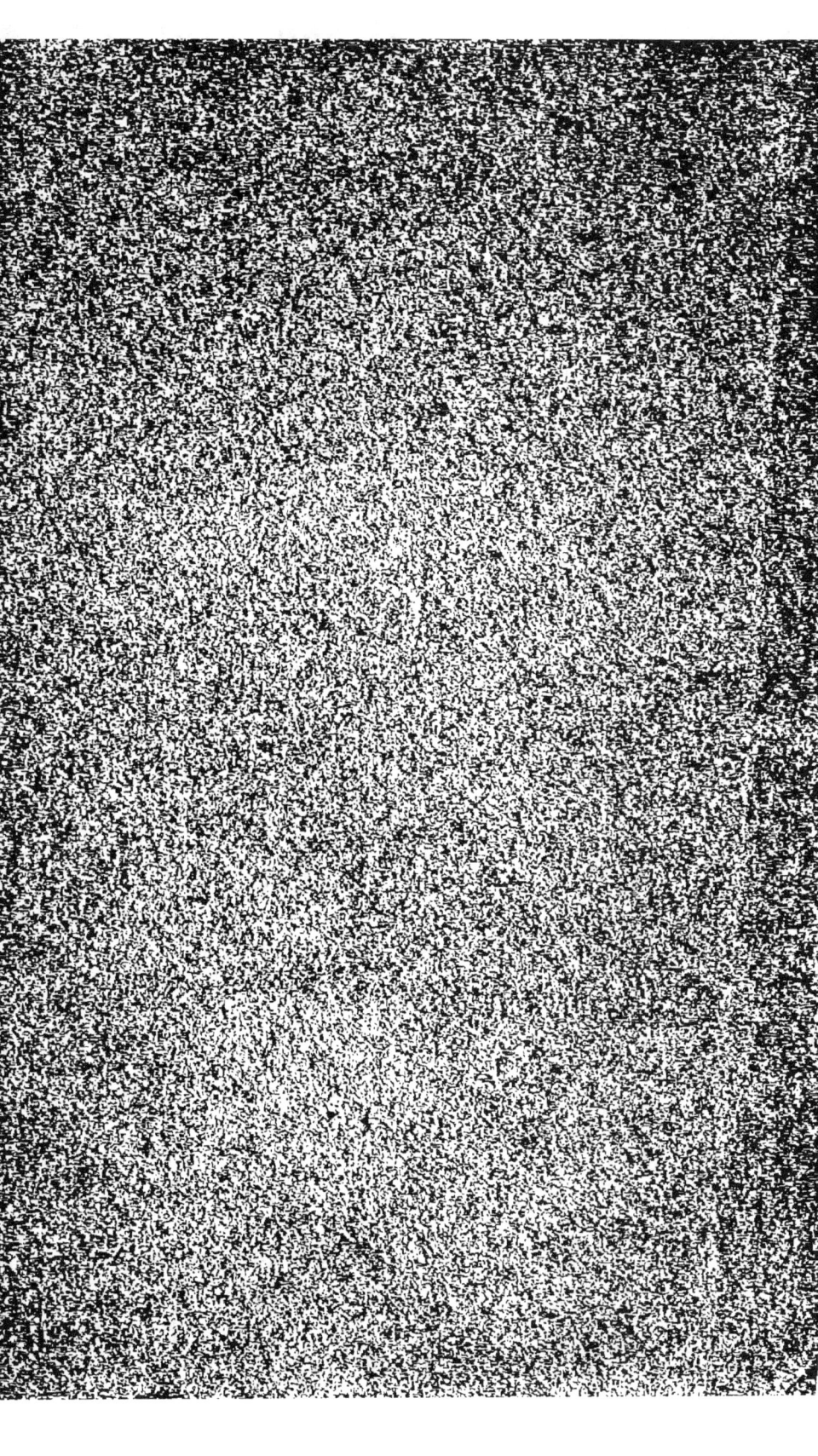

PARIS. — IMPRIMERIE A. MARTINET, RUE MIGNON, 2

www.ingramcontent.com/pod-product-compliance
Lightning Source LLC
Chambersburg PA
CBHW061701180626
46818CB00003B/1208